在史坦利公園

人文山水漫遊

陳慧樺 著

獻給　英英及弟弟（Alex）

（謝謝他們的容忍與奉獻）

目錄

第三輯 我想像一頭駱駝

第四輯　回鄉

《在史坦利公園——人文山水漫遊》序

一、

在世間中，詩人是一門特殊的行業，如同楊牧的〈野香〉開端所說：「是誰傳下詩人的行業，黃昏裡掛起一盞燈。」詩人的特質，在於他對周遭的聲光相色，風雲草木，都有一種敏銳的感應，就如同小時候，我特別喜歡清人沈三白的〈兒時記趣〉，他說：「余憶童稚時，能張目對日，明察秋毫，見藐小事物，必細察其紋理，故時有物外之趣。」這就是詩人特具的敏感性，對世間的事事物物，有一份好奇和關愛，因此便能將物外之趣，寫成詩歌。

我常感到我所交往的詩友中，都具有這種詩人的特質，它就如前人所說的「性靈」或「神韻」，是可以感受而很難用口來詮釋。我也很喜歡晉人陸機在〈文賦〉中的佳句：「石韞玉而山輝，水懷珠而川媚。」山水因韞玉懷珠，因而山輝水媚。詩人也因內在的靈性，與外界事物的接觸，自然流露出無限的文思和情采，它記錄在語言文字中，便是精美的語言，警闢的詩篇。

陳慧樺是我半世紀交結的詩友，當年我們一起談詩論文，由於幾個好友，往常聚集在一起，因此成立了「大地」詩社，還在三民書局滄海叢刊出版了一部《大地之歌》，邀約了二十三位詩友，包括王潤華、古添洪、林鋒雄、李弦、林錫嘉、陳黎、秦嶽等，這部詩集是民國六十五年春，當時我們共同的願望是：「詩是心靈的獨白，情感的昇華，一切性靈的象徵。詩人們生長在大地上，透過現代語言、音韻之美，表現現代人完美的情操，唱出大地之歌。」幾十年來，我們分散在各處，在教育界、文化界，散播詩的種子，如同蒲公英一樣，傳播詩的教化，淨化人的心靈。

二、

近幾年來，旅遊文學興盛，在三年前，我邀約王潤華，各自出版《童山人文山水詩集》和《王潤華人文山水詩集》，後來蓉子也加入，出版了一部《蓉子人文山水詩集》。其實人文山水詩涵蘊著山水哲學和人文情意，讀山讀水，讀遍天地間蘊藏的秘密。

在魏晉南北朝代（220-479A.D），由於玄學的流行，人們對世間深遠的哲理，深度的愛好，熱烈的追尋，於是發展出評品人物的人格美學，巧構形似的山水文學，情韻生動的文學批評。在今日二十一世紀新時代中，人愛好自然，探究自然，也如同魏晉玄學時代，喜歡追求深遠玄奧的自然哲理，於是對大自然深度熱愛，只有人踪所到的地方，便有人文山水的存在，我們用詩篇紀錄遊踪，便是「人文山水詩」。陳慧樺將近年所寫的詩篇，名為《在史坦利公園——人文山水漫遊》，從他的詩中，我們發現大自然永遠是一塊大磁鐵，吸引著詩人的所見、所聞、所欲、所為、所思等情操，將大自然的景色，鎔鑄成精美的人文山水詩。

三、

陳慧樺的這部詩集，共分成四輯，凡五十七首詩，有時一首中又分成若干小篇，隨興之所至，各自成則，珠璣成串，連綿成采，情意綿密，將各地山水，隨興點染，各自成趣。

詩歌的意象，本來就是多義性，多角城。陳慧樺本來是馬來西亞的一隻游魚，如同《莊子．逍遙遊》中的一隻「鯤」，漫遊於台灣的台灣海峽、太平洋，化成為一隻「鵬」，他漫游在中西文學的瀚海，因此他的詩，視野開闊。他的詩，善用意象，由象生意，達到意在言外的多義性。例如他在詩中，用樹的意象，〈我是一棵迎向陽光的樹〉、〈花樹的期嚮〉，樹是個獨立的個體，如同人們矗立在天地間，有時他遇挫折，就成了〈囚犯日記〉中的「風雨摧殘我軀，一株石榴樹」；有時他回到童年時代，化為新加坡〈金文泰樹蔭下〉的一顆樹，看大千世界的形形色色，幻化的人生。從他的詩中，可以讀到他足跡所到的遊踪，各地不同的風，不同的景，反射在心靈中，產生不同感受，人生是過客，是被放逐，還是像一群在溫哥華史坦利公園裡嬉戲的雁，不久它又飛往各地，飛入童話中的世界，飛往溫暖的南方。世界畢竟太遼闊，然而家在台北，或是在馬來西亞，或是在新加坡，還是在溫哥華，我是個被「放逐者」，悠游天地間，像一隻雁。詩的意趣，在在是人生的寫照。於是留下警世的句子，如同雪上的鴻爪：

驅車出了灌縣城西
二王朝被掛在懸崖古木間
向蓊蔭的旅情眨眼睛
迷迷濛濛的泯江魚嘴
把潺湲都梳理成兩道激情各奔東西

——二訪都江堰

詩中對李冰父子所建造的都江堰，描寫泯江的水，在魚嘴口分流成「兩道激情各奔東西」。李冰是戰國時代建造的都江堰，灌溉成都一帶的水利工程，如今已兩千餘年，仍矗立不變，但紀念李冰父子的二王廟，卻在今年五月四川大地震中倒塌。詩中寫都江堰，都含有無限的歷史情懷。

又如〈赤崁樓：永曆十六年〉：

春末暖綿綿的陽光下
三三兩兩的鎂光燈
他們以鏡頭追捕國姓爺在時光隧道上
巍巍然站在普羅民遮城樓上
一個番仔低頭遞上一個卷軸

明永曆十六年（1418），寫鄭成功接受荷蘭人的投降書，在赤崁樓上，我們依稀看到歷史的光影，在眼前閃過。詩人的敏感和想像力，是可以無限延伸，將虛幻變成實像，這是時空的錯亂，引發詩中的美感。

四、

我們有共同的理念，在發揚「人文山水詩」的美感特質，繼《童山人文山水詩集》、《王潤華人文山水詩集》、《蓉子人文山水詩集》之後，又出現一部嶄新的陳慧樺《在史坦利公園——人文山水漫遊》詩集，這是新時代的風潮吹向，我們熱烈的歡迎慧樺的加入，共同迎接思潮的風，共創新時代的詩運，各自開出燦爛的花朵。

邱燮友

二〇〇八、八、十八

第一輯 多角城

多角城

那是那年那月那日
風哨子煽惑浪濤的癲癇
把一園陶潛的詩撕毀
啊　我欲呼喚諾頓　而跑車以
七十哩撞擊你眼眸的樂園
蠱惑你以無以遯居的鋼的赤裸

水底千噚的游魚
此際四處逃逸
向東東阻、向西西擋

而意志謀殺意志
落難太久的市民豈能抹去冷漠的憂鬱？

蝸居的神農氏幽靈
只懂得爬在鋼柱與鋼柱、森林與森林之對角線上孵孕太陽
而撒旦的震怒聲不絕地拌攪約翰牛的午間咖啡
何處是涅盤？
何處是耶路撒冷？

那是那年那月那日
颱風瑪莉的高跟 tiptoe 過了彌敦道
陌生得令我真想哭泣了

一九七六年三月

夏日篇

我的空虛醒自深邃的海底
當我棄了盔甲
此刻坐盡窗外那一街冷冷
眸子吮吸不入一顆沙塵的雀躍

我的眼瞳龜裂在沸騰的路上
我的靈魂漂白在手術台上
嘴唇一直咬著痛楚
讓黑死病的血管緩緩地飄在熱流上

我耗盡膂力想推開那一扇窗
然後似睡蓮謐靜地睡在月光下
慾之燄窈窕地上昇

火舌舔及康德那沉思了幾十年的閣樓窗口
我就該如赫鳩里斯慘叫一聲
然後被挾在永恒的石壁中
而那拐了腳的風一直不來
逕自讓我昏沉欲睡
且很玄地夢想千年後才醒來

而窗外盡是一片夏天

窗內亦盡是夏天
心原也盈盈然鋪上夏之床
我就歇斯的里地哭泣了

一九七七年八月

我是一棵迎向陽光的樹

當冰河馳著雪橇子南來時
人獸盡都　奔竄至山巔
淹埋之浩劫後
第一位記錄此事的
該是聖經上哪位殉道者

我未目睹此劫後餘灰
卻那麼悲劇性地拖著猿人的尾巴
爭著跳恰恰和阿哥哥
我易碎的椎脊通電上顫慄

當我從濃釅的酒精中醒來
卻得面對 Lucifer 的召喚

我是細胞、空氣抑或一撮電離子？
我是一棵迎向陽光欣然的樹
我的根蟠糾著泥土
我的枝葉展向穹蒼
我的夢陲嵌著許許多多的星子
許許多多蝌蚪的夢
許許多多妖艷的唇吻
我是一棵迎向陽光的樹
風挾著在海上呈淫虐的餘威

火躍自阿波羅金亮的戰車
都可以把我摧毀把我的同族焚毀

細胞在我體內繁殖
昨日我從後門溜出去
未來在我視野中孕育著軀體
你只消把我一捏就枯萎

而三千湲湲的河流
流過三千萬年的黃土原
我仍面對著空濛的蒼藍
面對著光年內無限

有一天我會停止呼吸
那釘在十字架上流著液體的老頭兒
預言我的死亡
有一天我仍會崢崢然地升起
升起自火劫後的灰燼中

我的兒孫不必哭泣
我預言樹族的永恆存在
　以及存在輪迴中的悲劇
我是一棵迎向陽光的樹
永恆地矗立在大地上

一九七七年八月

給雲雀

為了那剎那，靈智向妳叢叢展開
如花開向煦麗的晨陽

我吟一曲摘星
不因黑夜的鬼眼
不因夏日的熱菌粉粉地流蘇
剎那屬於妳，今夜屬於妳
是妳矗立的永恆

永恆是妳柔嫩的手指
永恆是妳蘊藏在眉梢的謎語

妳輕輕地彈出十九季
春天屬於妳，年齡屬於妳

旋轉的是足尖、音樂和紅酒
媽媽瞇得很甜，我們笑得很甜
祝福妳祝福妳，不如愛妳愛妳呀
今夜，妳是瓊花、妳是雲雀

不握手，不流淚
也不顧星轉地移
我們各自詮釋
像蒲公英似地紛紛散去

一九七六年八月

情人谷

心扉被情人的之之纖手攤開
此刻　我走去問那靜睡的樹林
我走去問許多童稚的臉孔

無花無夢的季節
夏天這拖長裙的寡婦
總是那麼使勁地把箭簇射擊我們的眼珠子

而此刻　花睡樹睡
萬千年來的情人也悄悄地在睡

我們把聲浪與年代攜來
我們也將一窪深情帶回去
雖東風不為我逝水不為我歡歌

在谷底　我們印砂石以影子
且輕喚小情人　雖多麼多麼地不 romantic

註：情人谷在碧潭附近，是一低窪谷地，山丘起伏，風景宜人；無論夏秋，仕女多結群到此野遊。

一九七六年七月

花樹的期嚮

第五株花樹植錯了方位
雖以蜻蜓的複眼盯哨
我總無以繪成一幅圖

許多流動的慾念糾聚
在那夾竹桃下結成苦果
四月的花朵還未爬滿枝梢
三月的錯誤已鑄成永恆的凝注

你的佇立換位與千姿

總似銀絲網內昇起的
在玻璃缸外旋轉一萬回的
無以臨近的虹橋

而在古典了的夜色裡
我愛捕捉流浪的風
我愛捕捉掉落的細雨
唯總無以描出你的睡姿

一九七六年七月

登宴

山洪嘩啦啦的聲浪
此刻款步走向原始
去敲醒千圈輪迴的鏗鏘、去辨認壁上的獸屍

披簑的新寡哭得那麼潸潸然
哭得山聳然、樹默然
除了細胞的不安、泥淖的不安、矮叢的不安
一切俱已滯死在祭壇上
等待那淌血的信天翁驟然的襲擊

就那麼嘩嘩然
駝鈴自漠野中傳來
托缽的頭陀自視際中走來

小千自大千世界中旋出來
永恆只那麼一晃掌、一投足

梯田谷壑都躺在腳下掩眸沉睡
我欲植此地他望聳翠
無數愣然趺坐的存在
且陳勝利者之姿呼嘯徐徐雲霧

宴於那麼矗然尖削的一角
不適宜言禪、不適宜入夢
我非我、我終究戰勝不了自己
則呼凌波仙子以俱來
引領凌霄之雲鶴以俱去

一則葉顏染成的故事
太陽藏在窩裡冬眠
我們是無數戴斗笠的泥人
那麼安於野之宴

一九七六年十一月

放逐季（一）

那年囚禁的季節解凍後
我們就匆匆趕到山裡去狩獵
幾隻蠱惑地綻放在天角的藍眼睛
可是屬於柯立茲的古舟子？

是放逐季
我們只欲饕餮遠遠近近的青山
青山握我們於其巨掌
回響握我們於其巨掌

年代遺落在背脊後
我們被逐於
幽幽的薄荷香的古怪天地

那年囚禁的季節解凍後
我們划舟向三峽朝聖
三峽不在眸際
而在青山起伏的夢園裡

那些槳聲很悠古
必屬於柯立茲、必屬於李白
他們的靈魂開放在峭壁間
他們跨坐白鷺凌霄振翼而去

而遺落的遂是藍藍藍藍的天空
以及微微微微的三月的風
我不求精靈與我同在
自從放逐自我於塵外
我只求那永恆的絮語
那小令
那枯樹的季節綻放
如瓊花叢叢地綻放　　然後
大地鋪滿歌聲與鳥語

一九七八年四月

放逐季㈡

當酋長的歌喉被雪凝成石乳後
年代已從山腳隕落而去
只有山青、只有霧靄
沿著棲鳥的眉睫幻變成波濤

歷史是流落的胚胎
夜昨沿著林中的足跡造訪我們於
這一冬、這青苔路
異鄉的足音響起又湮滅

我們沿著它
我們沿著它來而又去
歷史的步伐踩過步伐
東方隱約的聲音
將在我們足踝下蟬蛻

或則我們是先知鳥
是一陣無岫的颶風
索索地迴峰舞天使之翼
孤絕而去
或則我們是騎小白馬的安徒生
欲去雪林中拯救東方的公主？

而思念仍舊無岫無根
阻隔在山谷中沉思吧
然後沿著音籟折射自光稜鏡
化成千姿千手
撫一蓮自無底的峽谷中昇起
這一歇　　在山裡
就夠異鄉得很玄幻很蒼白了
而我們仍可以沉思、可以滑雪
當酋長的歌喉凝成石乳後

一九七八年四月

過了水仙林後

裹起太平洋黝黑的呼嘯
最後那個弄潮兒也裹起披巾
投入幕後去
追逐蝙蝠遺落在古希臘的心願

我是裸露在沙灘上的足跡
夜夜聆聽海螺吹出的信息
夜夜聆聽拜倫寫在風裡的銘言：
「海與我的靈魂同在！」

我是躺在岸上的岩石
在最後一條漁網被拖起後
我是寂寞地逐著燐火的流螢

海呵！海呵！
過了水仙林之後
我是千萬年來迷惑你心弦的那個聲音

一九七七年十一月

第二輯 雲想與山茶

囚犯日記

是一種不孕的古董擺在杏壇
接受許多星眼的照耀
我溯源而上　惟聲音
總吵不醒岸沿豎直的耳朵

風雨摧殘我軀
一株石榴樹
往往欲抖落甚麼戶籍呀的
卻抖不去袖口的空虛
在這審判季　春天

麗日拍在曠野鴿翼上
只是一個垂頭的問號
我把剩餘價值交由蜜蜂
牆與牆圍住我
我讀書、睡覺、做夢
一位落了籍的參孫

我是千瘡百孔的高加索
偉大不會在塋地萌芽
我的軀體是脫不盡的蒼白
在五指山鎮壓下
等待輝煌

一九六九年四月十四日

Irony of Life

黃昏在第五街下了喪旗
腳步囂雜雜想搭電車而去
夢想拉開腿與腿的距離

此際在毛茸茸的夜巴黎
在貓眼石死盯的後巷
負著十字架蹭蹬著
另一種旋律
他踩過昨日的血跡

他夢想著朔風的輪迴
獸　紅眼的獸疾馳而去
獸啊獸啊這爬行的年代

也許他是一棵活樹
髮鬚淹過了歷史的眼睛
也許他即獸
伺機擊中敵人的要害
在白晝
在午夜國殤後

一九六九年八月十八日

星期日

胸中昇起那一道道藍鬱鬱的寂寞
星期日遽然袒露在眼前
螺旋紋的挑戰　黏黏的
山陟斜的桀桀聲
都伸長頸子從白堊的網中迸出

小巷裡一群稚齡的小孩
他們笑嘻嘻揭開宇宙的秘密
在堆積木　玩具車的世界中
我轉身瞥見一個清癯的影子

一種怯然　一種無奈
兩種世界的聲音張著
星期日張著
悠悠的白雲在天際

一九七〇年二月十七日

秋興

一

回首看
過去的蹭蹬眼淚已灑進時間的暮色中
像訣別的酥胸
緲緲茫茫把我壓成一個驚訝的夜色

現在只是許許多多白色的藍色的絲線
把我眼睛編成迷人的網罟
待欲跨出校園的門檻
把胸中的浪潮吹揉成一季秋水

我嗓音已嘶啞成一個破風箱

二

自歌自舞的琵琶手
從羅斯福路自折到落霞道
他忘了背後的田園，路上
機車聲撫成的海洋

然後對著蒼鬱鬱的枯黃近樹
把蟬聲和鳥嘈都趕入遠山
急急切切，鏗鏗鏘鏘
直把心彈成地上的月光

三

河岸灰灰濛濛
遠處燃成天花一色
我走著，想著歷史
廿世紀的憂心忡忡

像一個顛顛仆仆的醉漢
歷史總是一刀一刀砍下來
把夜色劃成兩半
把河流推成兩岸的呻吟

四

一隻繫在岸邊的小舟

河外蒼蒼茫茫，海鷗風帆
飛渡烟波後還有烟波
夢裡故園仍舊一片荒蕪
在岸上你眼睛被高樓刺殺
耳膜被歌聲車聲機械聲姦淫
土地都快龜裂了
你是一隻臥著的獸，等待雷聲雨聲燦爛

一個黃昏

從北方滑著雪橇子回來了
那個浪蕩子
路過就蹂躪花蹂躪草
大肆在新生南路高歌

在校園　都弓成貓了
許多陌生的臉孔裹在披篷裡
踹過落霞道
不落霞的十二月背脊

一陣逃亡後
坡上濛濛的霧來了
我在街上拾到一張臉
怪獰獰猙猙的
某一個黃昏的邂逅
那個浪蕩子在城裡歌著

一九六九年十二月十四日

印象一束

曼谷

在黑暗的穹窿滑雪
突然間心直往海底沉
十七點十二分
耳朵被奸淫
嗡嗡嗡
隆隆隆
眼睛的世界
螢光燈在草堆裡閃爍
焰黃

銀白
降下
降下
心在沉落
報告的聲音
艙外濛濛濛。　太虛

嗡嗡嗡
隆隆隆
燈光的蠱惑
薄荷的香味
夢境裡

有聲音囁嚅
This is Bangkok

中國旅館

七層樓閣
窗外聳立一片高高低低的樓房
燈光閃著銀白焰黃的眼
逃命的夜獸呼叫著同伴
嘟嘟嘟
怕怕怕
緊急煞車
忐忑的心臟

室內一片靜穆
燈罩滲出幽幽的古典
雙人床
桌椅
綠色的波斯地毯
一千零一夜的
夢

夜降香港

一腳在太平山下滑落時
積木堆都著了電
在我們腳袴下
閃爍

華氏六十四度
夜空晶藍
還說冷

而夜市正喧囂

人潮
攤子
物慾隆肚穿過街道

一九七一年

樹與天線

從陽台探出頭來
一株樹
迎風舞蹈
飲酡紅的夕陽

從陽台探出頭來
一根天線
迎風顫動
迎接長波和短波

站在高聳的陽台上
突然感到自己是
一株樹迎接風雨
一根天線播送信息

一九七四年十月十六日

淡水素描之一

太陽
揭起
水面上
濛濛的
那一層紗幔

於是
風也來了
白鳥翻飛
海浪

眾口鑠金地
鼓動舌尖

對岸的青玉觀音
躺著
把巨大的世界
枕在
雲下

山茶花

那一朵
雪色山茶
圓圓地淡淡地
開向
冬日早晨

那一排
待決的囚犯
喝完上路的高粱酒
又開始咀嚼

一個插在木棒上
憲兵塞進他們嘴裡的滷蛋

一陣爆裂聲
一群鳥驚起
心上那朵山茶花
已經翻落且凝成污紅
而另一朵
仍悠閒地閃耀
在冷冷的陽光下

第二輯 我想像一頭駱駝

車到南鯤鯓

我們不是三百年前，在夜晚
驅波逐浪而來的五位天神天將
我們的車子只掀起熱浪
滾滾紅塵，而後覆蓋在一片沃野上

在沙洲的沖積土上
南鯤鯓佇立在那兒
已飛甍刺向天空，仙樂嫋嫋
熱浪把仙宮托入琉璃中

南鯤鯓划在茫茫中
我們的凝視
腦際一片清澈
趺坐後的天空不掛雲朵
如流的思緒強把時間的傷口都縫住了
我們聽到細針落地的鏗鏘
啊！南鯤鯓

《聯合報·聯合副刊》八版：一九八一年四月三日

檀香山記事

走在京士街昆司道上
黃臉孔、白皮膚與黑皮膚
摩頂擦肩而過
還有疾馳的馬龍
而鄉音遙遙遺落西山頭

臉掛好奇、驚訝、失望
玻里尼亞王子的蹄聲已消失
　在莽莽草原上
熱鬨鬨的市廛中

宛若掛在坦特勒山的彩虹
王宮依舊頂著穹蒼與嘲諷
噴泉時歇時噴
在午後三點鐘
一群白鴿無知地掠過鐘樓和樹頂

《中央日報・晨鐘》：一九八四年一月二十七日

外基基海濱十四行二帖

午景

正躺、斜臥、或匍伏在奢侈的
細沙上
他們用勁曬呀曬地
一心想複製赤褐的春光
寄回舊大陸或新大陸去榮耀一番

而珍珠港遙遙嵌在西北西
鑽石山燦爛著鐵青的頭顱
南太平洋就睡在腳下……

他們只顧曬呀曬地
早忘了投到澎湃中去洗禮

幾隻小八哥、主教鳥悠閒地
在樹蔭下
覓食、嬉戲
白鴿偶爾劃過艷陽天空

黃昏後

內弦月斜乜西山頭
遙對著數顆疏星
遊帆遲遲躉岸後

給灰青色的沙灘劃亮笑聲三五

近處花弄影
旅館擠滿彬彬仕女
爵士樂幽幽地鑽過水面
遠處露天舞台上
蹦蹦跳跳波里尼西亞歌手
似欲攫住遺落的音符

一對情侶黏在沙灘上
黑黝黝地向左向右翻滾
忘返的美人魚
似欲竊據天涯

一九八三年九月四日

歌吟在和平東路

時間這婊子
她逕自婀娜著身姿
從低矮的違章屋簷下
直踹到二十層的綠玻璃天廈前
她可從不喘一口氣

你從金門街口折來
那時可搭乘的是三輪車
它依呀依呀地唱著
新古典的旋律

你從車篷內喚出澀澀的秋冬
把風雨聲聲擋在簷外呼嘯
那時你可還不認得我
一個心胸澎湃的年少
站在相館前搖頭擺腦

你依呀依呀地唱著
舒緩的小夜曲

而這些都已被流光流到
千山萬里之外
流成一闋半透明的回憶

穿越林間小徑
召喚都召喚不回的鶯飛燕舞

你徜徉在和平東路上
從活潑的笑靨中頂向圓潤成熟
千載悠悠呼嘯而逝
可杜絕不了你輕吟淺唱的狂熱
你躑躅向東抑或向西？

《中央日報．中央副刊》十六版：一九九一年十一月十五日

虹口公園

我們一跨入門檻就瞥見你
巍巍然
一尊灰黑色的銅像
你扠著雙手坐鎮在天宇下
很寂寞地見證
陽光
碎裂在樹梢的風潮
三五隻鴿子
在樹蔭追逐逝去的喧囂

我們走過去向你求證
飄浮在空中的種種真相
鼓譟、謠琢
（你們茁長在園中的綠樹）
激動、嘶喊
（你們辯證傾斜在天和外的星河）
你們可曾也辯論過弔詭的歷史？
你孫子把愛情灑成報上的詩章？
你這園中孤寂的老人啊！

註：今年八月二十三日，上海的朋友帶我去虹口（即兆豐）公園尋訪魯迅的音容。朋友謔稱：「我想他老人家（魯迅）一定很寂寞。」回到台北後久久不能釋懷，因成此詩以志之。

《中央日報・中央副刊》十六版：一九九一年十一月二十三日

彌敦道上

年初二晚上八點鐘
我瞥見彌敦道的荒涼
補丁的縞衣
炭黑的臉孔
漆黑的腳踝
他抱住垃圾堆在尋找
一只袖口有意遮住殘破的
歷史
報紙上印刷出來的痕跡（traces）

另一個角落
一雙骷髏的手掌
隨著寒風刺入我心坎
震得我目瞪口呆

《聯合報·聯合副刊》：一九九一年十二月二十四日

不算旅遊詩六章

㈠新港（New Haven）一帖

每條街道都要挾住心情
甚麼時代流行的窄裙？
灰沉的畫版？

二月天的灰濛天空
鎮壓住歌德式的靈魂
好重啊
好重的文化擔子
路旁都凍禿了頭的樹幹

撐起奇愣愣的好頹喪的心情
兩三隻烏鴉咬痛了意識
一隻粉鴿唧咕唧咕地叫
在天角　在樹下
皚白的雪堆
然後是皚白
穩穩埋住昨日的鮮艷
似乎聽到橐橐的馬蹄聲（註）
叩響這猙獰的都市的臉頰

註：詩人鄭愁予就任教於市區的耶魯東亞系。

一九九五年五月七日・Edmonton

㈡波士頓廣場

一群鴿子掠過
光禿的樹梢
一隻小松鼠自樹幹上
滑落
斜乜著小眼睛
與你打了個招呼
一群海鷗圍繞著

一個餵食牠們的主人
你聽到海港河口的聲響
你把鏡頭瞄了又瞄
發現枯黃的草地上
斜躺著一對情侶

一九九五年五月七日．Edmonton

㈢自由道（Freedom Trail）（註）

你攜帶歷史的指南
自波士頓廣場啟航
邵爾將軍騎在馬背上

號召前仆後繼的士兵
向前衝刺還有鼓聲動地響
舊市政大樓前

福蘭克林在放風箏
轉角處在地球書屋進進出出的
愛默生的心靈霍桑的鬼魂
三月五日的大屠殺事件
茶葉風波所掀起的風暴
早自波士海灣風濤間褪去
我們終於穿過水手街
（妓女與水手擦身而過）

沿著斜陡的柯伯墓園
抵達北角公園憑弔
並在查理敦橋頭拍照

註：自由道為跨越波士頓市區的一條觀光路線，旅客可沿路線求索歷史的真相。

一九九五年五月八日．Edmonton

(四)**華騰湖（Waldon Pond）畔**（註）

囚禁在樹林中心的
一泓清澈
幽幽地盯住四月的空濛
我們走來揭開你的面紗

走在松林中
心中一亮
幾個垂釣者
倚在岸邊看湖

千言萬語
盡在不言中

註：梭羅在此湖畔沉思默想，書寫其膾炙人口的《湖濱散記》。

一九九五年五月八日．Edmonton

(五)在艾蒙頓史塔斯可拿（Strathcona）

路旁的蒲公英
黃色白色的慵懶

（還未紛飛）
兩個白種青年
攤坐在馬路對面的椅子上
那麼舒坦
一點兒都不理睬
西邊地平線上
那顆笑瞇瞇的紅西柿
依然熾烈高掛

都快晚上八點了
幾隻海鷗盡在天空畫弧線
路旁的吱吱呼應樹上的啁啾
路上　盡是風馳電掣而過的
比人還多的車輛

春天就像西山頭
那個笑瞇瞇的紅西柿
真長氣呵！

一九九五年六月四日・Edmonton

㈥再渡檳威海峽

這一道我曾經熱烈謳歌過的
隔開半島與島嶼的海峽
曾幾何時
它的西邊已架起一道拱橋
是我的伴侶曾經灑汗經營過的理想
現在是貫通島嶼與半島的臍帶
有時高高聳入雲霄
有時卻從你眼前撞來
渡輪從半島這一端出發
嘟嘟嘟嘟的汽笛聲

喚醒雲端的晨陽突突冒出臉來
迎接每一天的開端與希望
坐在這渡輪中的各色族群臉孔
他們曾經那麼膽怯怯地希望著的
今天還是那麼陌生的　夢想

我四處張望海峽中的油輪
熟稔的、陌生的
因為我已經好幾千個日子
未在這道海峽穿過歌唱
還有對岸市衢中的六十層大樓
聳立在半山腰的亮麗洋房

我們的辛笛老未必想像得到（註）
我來啦，看著渡輪前後的波浪

欸乃　對著或明或滅的另一個球體
我見識到的、我想像到的
你可未必建構成為一個大太陽
可那又何必傷於我們的存在？

海峽呵
我來對你歌唱
在六月的一個早晨

註：王辛笛幾十年前曾寫過一首有關檳榔嶼的詩，我前幾年到上海拜訪他時還曾談到它。

一九九五年六月一日．Edmonton

《星洲日報．文藝春秋》：一九九五年七月十一日

夏威夷旅遊詩

第一帖：夜宿柯娜

河神袒胸露乳
掠入蔚藍的夜窗
直撫摸著我的夢陲
戰馬勒緊韁繩待馳上古戰場
一節驚慌的火箭筒掛在夜空中
一塊塊異的夢土上
螢光追逐、精靈齊唱
凌晨在迷濛中醒來

河神戰馬俱已遁成一道幽光
掛在窗外　那麼深邃
你欲喚醒紅河岸邊的情人
挽臂凌霄而去？

空濛中
浪濤濺擊著岬角
紅河岸抑或巴達雅的旭光
稀疏地瀉下　無所謂寒峭
鳥鳴咬著椰影搖搖晃晃
幾聲古典的啁啾　百合綻放在徑旁
空氣幽幽滲出晨早的青草香

遠處嘟嘟嗚唱的刈草機
呵柯娜、柯娜

一九九八年二月六日・Kona

第二帖：風口紀事

來到了這個神祕的缺口
風神萬口呼嘯下
寒峭壓住了亢奮
耳際突傳來撲撲搖擺的機翼
一九四一年十二月七日凌晨
那些順風低空掠過的雁陣

都飛到珍珠港投擲爆米花
對於那些揠撲而來的暗影
佛陀，祢怎能依然拈花微笑？
如今那些魂魄俱已焚化散落為河道上的雪花
在京都城牆外

而在更早的紀事本上
卡美哈美哈王把敵人
驅趕山豬般趕到這個陡峭的缺口
把屍體挑落懸崖如花朵
一片一片的蝶魂
卡美哈是統一了八島群梟

無奈佩莉女神時時甩動長髮
新大陸潛來的豺狼不斷鼓噪海嘯
這八個俏麗的花朵終於淪陷了
空留遠處那個王宮白皚皚對著蒼穹

一九九八年二月十六日・Kona；三月一日・台北

第三帖：隔鄰旅客

隔鄰的白人爹地問兒子
陽台外湛藍的穹蒼
那是象徵甚麼？
岬角外的湛藍浩淼

那又是象徵甚麼？
遠地故鄉白皚皚的雪地
那又象徵甚麼？

孩子甩了甩金黃色的頭髮
用天真慧黠的眼珠子在發問
他又斜倚著頭顱在思索著
許許多多人世間的框架

一九九八年二月六日・Kona；七月二日・台北

黃金海岸放歌

第一帖：黃金沙灘（Golden Sand）

椰子樹、大葉樹、針葉松以上的玄奧
遐想雲層中神祇　湛藍搏翼翱翔
黃金沙灘上我很風光——曝日
坐在椅子上蛻化為一則歷史
或是坐望成為誰家史書上的讚嘆？
永恆的剎那抑或短暫的一閃靈光？
瀉自外太空的一道光芒？

世紀末的晨早

靜悄悄的宇宙
我聽到風聲入林來
澎湃的濤聲
鴉鳴、麻雀的吱喳、八歌的啁啾
俱都飛掠成琉璃奇異的風景

殖民主閒倚在椰樹下氣概膨脹
嘴巴叼著悠悠宰制人民的風光
歷史急速倒退到戰前
幾顆聳立的奶峰
都聳成我身旁的景點燦爛
而五六個倭寇突然矗立灑下黑暗

白皚皚的沙灘上的怪獸
伴隨著幾個吱喳舞蹈的吉陵人
澎湃聲、林濤聲似乎瀉自太清之外
然後又是呀呀、吱喳的鳥鳴聲

幾艘汽艇直衝出了黃金海岸
沒入那麼浩淼的煙波中
悠悠濛濛的印度洋
寧靜、和平
永遠驚心的存在

第二帖：鳥鳴聲中

我倚在鳳凰木下閱讀
白雲蒼狗悠悠
前擁後仆的鴉鳴
唧唧雀噪、吱呱呱的八哥叫
黃金海灘外一覽無垠的汪洋
然後又是鴉鳴、雀噪、八哥叫

我坐在鳳凰木下閱讀
世紀末的邪惡聲音
投機客運作橫爬在報章上
耳語、策略、棄甲而逃的戰士

還有殖民主串謀本地金主賣力演出
從檳榔嶼直瀉至首都的一臉驚惶

我坐在鳳凰木下閱讀
台灣有一個朝拜團已飛抵休士頓（註①）

他們枯坐室內虛靜以待
豎耳等待來自外太空的飛碟的訊息
然後在春暖花開日蛻化而凌空
去迎接夢中聖誕老人的擁抱
酥軟的涅槃
多次元的透視傳來燦麗的仙音

是否吸食大麻後的逍遙？

那麼偃撲而來的鴉鳴
預言、鳥叫那麼驚心動地
我坐在海濱鳳凰木下
閱讀報章、「隱秘」匯合無垠的汪洋（註②）
承接得了彷彿的天啟？

註①：去年杪、台北的媒體不斷在追蹤百餘名教徒，他們分批抵達美南休士頓，四處安頓以期春來花暖時搭坐飛碟凌霄而去。

註②：西川的詩選叫做《隱秘的匯合》（1997），除了內有兩首涉及海洋的詩歌外，更有〈黃金海洋〉（組詩）九首；不過，我這首詩是在寫完後再讀其海洋詩，而且我這裡的「黃金海岸」跟西川所指的並不一樣。

一九九八年一月十九日・檳城 Batu Ferringgi

第三帖：撿回檳榔律（Penang Road）（註①）

來到檳榔律撿拾天河裡的星子
向東向西俱不適
鋼鐵泣血的吶喊
昔日不曾綻放的花卉、陽光
此刻俱都燦麗在街邊
每一片葉子都孕滿露珠
倉促、悠閒的跫音彷彿昔日折入巷道裡

青苔爬滿踏板、幾棵青蔥
蚊蚋亂竄陰溝裡的怔忡面龐

變與不變的旅律
很迅速就寫滿天空

到了曬頂的晌午
六十年代的午後驚醒過來　馳馳然
自巷口舖成一道景點　膚色駁雜晃動
麻雀烏鴉飛竄
三輪車咿呀成東方落後的一則情調

東方酒店、日本料理、中國成藥
亢奮瞪著斜對面的
Cititel 、奧迪安、國泰民安／酒樓

或更為遙遠的蓮花河、星藝城裡的詩人（註②）
反殖掃黃時代的烈火
亞非國家的騷動都已埋在舊紙堆中

哎，你真能撿回多少顆星子？

註①：檳榔律今已改作 Jalan Penang；此一道路可為檳城的代碼／符具，記錄了這個城市從殖民時代進入後現代。

註②：「蓮花河」為當年星檳日報所在地，亦為該報一個綜合性副刊的名稱；《星藝城》亦為該報文學副刊名稱，而今該報已停刊多年！

一九九八年三月一日・台北

西樂索砲台（Fort Siloso）

二月杪一個迷濛昏黃的下午
六吋口徑後膛炮轟然一聲巨響
把浮游在空中的精靈都撼醒了過來
跟我一起檢視山頭的歷史
一九一二年後膛炮取代了一八八五年七吋的前裝炮
十五世紀穆斯林扛來的加農砲
炮口都對著聖淘沙中部沙灘外的陽光
瀲灩的海面，隱沒的棹舟
一九四二年指揮所突然拼出英軍聲嘶的發炮

在迷糊中被歷史嚇醒（想逃竄何處？）
連八哥的啁啾，麻雀都隱藏了起來
潮濕的空氣中
掉下幾片枯黃和雨滴
一個白種的小孩在呼喚爹地

《中國時報・人間副刊》三十七版：一九九九年五月二十八

都城風情畫

無數探頭探腦的幽揚
舐著我們耳際
舐著天空的黑墨跡
我們的呢喃
還有電子琴流洩出孔的音符
我們斜倚著沙龍裡的木椅
時而像洩了氣的汽球
爭辯著杯底剩餘的真理
厭倦 ennui

屋頂突隱突現的橫條
電視螢幕上的號角
窗外流動的探照燈
遙遠處巴格達的夜空劃過的飛彈
一些閃失的意象
統都收到你們腦後的盒子中
你們依舊興奮像貓王
爭逐著幾棵苦澀的松毯
靈魂直切入到雲霄
還是腳跟著了地的穩重感？

夜都已熟透了

星星都蒼白的臉色
你們依舊淙淙的流水
爭辯著靈肉的各種姿勢
口沫橫飛起波濤
慾望騎在你們的言談上
你們都還不厭倦這種戰爭嗎？

一九九五年五月七日・Edmonton

《南洋商報・南洋文藝》：一九八四年八月四日

我想像一頭駱駝……

87大道有人懶洋洋躺在塑膠椅上喝啤酒
109街「快樂時光」陽台上有人對著馳過的
收音機吼叫、歌唱
我想像一隻駱駝背脊上馱著一顆紅太陽
從87大道街頭東邊得得地馳過來
春天在燃燒
路旁的樹林都燒出了綠葉來
在呵呵的吞食溫煦著的琉璃體
有人打了一個噴嚏

急得四周的空氣都驚慌失措
「他到底患了什麼熱相思？」
掠過陽光的小鳥都探頭追問
廣場上的鴿子都傳來咕咕咕的鳴叫

我想像一隻駱駝馱著一顆西紅柿
從山頭追趕著牛羊到了野外
那麼馳馳然、怡怡然哈嘿著
喚醒布穀鳥咕咕的回響
喚醒溪澗的潺湲聲浪
喚醒魚兒都在水面探出頭來
河岸上的笛聲幽幽地

引來一群蜂蝶
在野花叢藪間探頭探腦

我想像一隻駱駝馱著一顆虹西柿
從地球那頭冒出臉來
蹄聲、駝鈴聲像一串藍幽幽的音符
環繞地球好幾匝
聽得天際幽靈ET都如痴如醉……

我想像一隻駱駝……

《聯合報・聯合副刊》三十七版：一九九五年十一月八日

後現代二帖

㈠我坐在加拿大一棟樓房裡

春天來了
窗外的榆樹杉樹都掙出了綠芽
我坐在加拿大一棟樓房裡
面壁思過（思什麼過？）
讀中國大陸那些鬼後現代詩

魔鬼伸出爪牙
叢生的慾望　是叢林
叢生在加拿大的地平線上

那麼亮麗的陽光
孜孜不休地蔓延

我坐在加拿大一棟樓房裡
這棟樓房座落在八十八街
八十八街座落在艾蒙頓
艾蒙頓座落在加拿大
我在讀中國大陸那些鬼後現代詩

鬼迷心竅
煙囪都長出了綠芽
春天像一張地氈

會飛　進入你我的夢囈中啄食
（這）後現代的梅雨季
很潮濕的風景（區）
蔓生在地球上
不說明X什麼的東西

㈡是誰的聲音

這麼年輕
又那麼蒼老？
二十世紀初期的現代主義
現在街頭的後現代浪潮

湧流過許多校園廣場
民歌手的雜燴吟唱
雜亂貼在背心上的標語
把「I love you」叫囂成一道宣言
擲向熙熙攘攘的人間
亢奮、挺進　這道浪潮
比孔子周遊列國還栖栖遑遑
吾人腦細胞裡繁殖的連鎖

黑白、高矮、正邪
統統雜燴在字裡行間
吾人的論述場域

我們都有充分的街道來推展
文字上的對壘
在教堂、在街衢、在廣場上
殺不傷人的電腦遊戲
那麼熱鬧、喧囂、狂野
然後雄赳赳地站了出來
對著銀幕唱卡拉OK
窗外夜垂荒野闊
星星都湧來天井汲水
古代、現代
矗立的藩籬都轟然傾圮成為
一片漫野鮮花地

任你們穿越
翌日上班時穿越的路旁

《幼獅文藝》：一九九六年元月

我夜晚的眼睛

穿越屋前蔥鬱的稀疏樹林
穿越樹林裡稀疏的屋子
越過街道越過河岸和草原
我夜晚的眼睛張開成稀落的星座
我的靈魂蹓躂在艾蒙頓蒙特婁
我的靈魂蹓躂在舊金山和新港
我的靈魂蹓躂在台北和山陰道上
那些個曾經以及將要種植在我詩中的城市
那麼閃亮　在白晝和夜晚

我的靈魂微微顫抖著
聆聽林中樹上小鳥在竊竊私語
眨著黑溜溜的眼珠子
對著夜空中流動的清涼琉璃
牠們微微顫抖著喉膜
幾乎要迸吐出五月的啁囀
迎著探頭探腦的新芽
路旁田野上的家花和野花

我夜晚的眼睛開張成閃閃的聲籟
一個西紅柿掛在湛藍的天空
笑盈盈照成田野山川的騷動

福斯特輕鬆穿過新英格蘭的樹林
惠特曼狂吟在密西西比河岸上

中國莽漢馬松和萬夏啊
一個或打鼓舞廳或販賣羊毛衫
一個在夏夜游過了長江
他們的行徑可不驚醒了李太白
那個剛剛跨出蜀道的嬉皮詩人？

我夜晚的眼睛張開著
不為甚麼地開張成花朵
在五月的異國閃亮

《聯合國報‧聯合副刊》三十七版：一九九六年十一月三十日

海上度假屋想像

太陽掛在陰涼的馬六甲海峽上空
我們坐在閨閣海灣的度假屋上頭
海鮮樓邊掛著的渡輪撲撲響呀響地
載客的舟棹早已戮入對岸的廖內群島去
購買春花並運載淋病回來半島滋長
小說家開始揭示其情節以印證
某某批評家的想像力比他還豐瞻
並判定他的「閨閣文學」已「窮途末路」
我們對著海峽上頭的西紅柿大笑
然後他已飛馳在沙巴蒼鬱的油棕園裡

牛仔那般拔鎗射擊樹椏間的雲豹
而眼鏡蛇撲地在他面前開成一朵向日葵
紛紜的人間事網路和疾苦

然後他已越過斑駁的後現代天空
廝混在紐約的少數族群中
格林尼治村聳立的畫板、鏗鏘的音響
然後他已跌坐在（台北）圓山飯店內
咀嚼迅速消逝的淳厚人情和落日
然後又風聞他呼朋喚友過台中
帶領新知舊雨越過哥洛舊街
彷彿激光一閃、閃電不斷發亮

然後我們驟然自雲端跌落在笨珍街邊
大口呷啤酒、格格大笑
端地驚醒鄰座的寧靜花叢
天空中不斷眨著眼的星座
溫柔的夜色

小記：七月二十六日傍晚與南方學院中文系許主任赴笨珍採訪小說家潘雨桐，領教了其盛情與想像力的宴饗，三天後迅即寫下這麼後現代的一首詩以誌之。

《中國時報・人間副刊》：二〇〇〇年二月十一日

想像紅燈碼頭

十年前初臨紅燈碼頭那夜晚
驚覺昏黃的燈暈咬著
雙雙對對旅客呀情人呀的脖子
星空嚇得一夜慘白
豬仔絡繹從小說中迸出頭顱來
掙扎著要向我爭討權益和年華
牽手扣成一道透明的河流出了河口
身／背後拉出一道蜚長流短的虹彩
我們驚覺一頭戶籍可疑的獅子坐鎮星空下

這次面對喀嚓喀嚓的鎂光燈
你眼穴迸出了紅光又綠光
馳馳然把鰓兒張成了翅膀
浮泅在空靄中瀲灩的河面上
一突兒又泅成我們無意識中的一團光環
穿越摩天輪間的永恆穹蒼
坐鎮東南方的一顆啟明星？
然後我們又跌落碼頭
遊客、小情人、手牽著手……。

《聯合報・聯合副刊》：一九九九年六月十三日

文化巷記憶（註①）

剝落的磚牆和泥牆聳立在兩旁
灰濛中，灰暗的歷史翅膀
我們兩手一再想推開
都推拖不掉靠攏而來的
漆黑包裹

一九四四年的腳印
現在都陷落成巷道上的低窪
當時和當下蜷成一卷吶喊嘿嗬
人文薈萃的腳步

在黑暗中踐踏而過（註②）
我們耳際頓時亮起日寇的轟炸
霏霏陣雨灑落在市郊
像櫻花一般

文化巷上的一泓泓死水
浸淫碎石和窟窿和孑孓
顛躓了半個世紀的驚愕
都衝著我們眼前走過來

註①：在昆明市雲大交流中心右側。

註②：當時的西南聯大就寄籍現今的雲南師大校址，文化巷到聯大校門口只有一尺之遙，聯大師生常常在倉促中奔竄過文化巷，故名。

《聯合報・聯合副刊》：一九九九年十二月十日

第四輯 回鄉

返鄉

突然間
潮安豔麗的樹木消逝了
車窗外已閃過峽山與司馬的地標
我一下子竟被陰霾給嗆住了
路旁矮房子都傾圮成了問號
田野上陰魂晃動都跑來向人們傾訴
他們在人間時的種種淒慘
到了、到了
一個人影擠迫的流沙市

先人的村落陷在陰霾中
他們的童年已自田野躍現
土頭土臉浸淫在稻田中拔草
背向顫抖在北方的大南山嵐
青春都被馱成馬背上瘦瘠的柴薪
而烽火已從山頭蜿蜒來襲
可盜賊又闖成地平線上的螢火
把田莊俱都染成翌日的廢墟
上頭只剩下幾隻野狗在齧食屍肉
如此這般的景致
絡絡繹繹在這片土地上展示

先人的背影隱退後
我竟趺坐在（中山）公園的石板上
直瞪著那一座豎立在一角的烈士碑

斜乜的陽光燒灼樹梢頭
鄧麗君的歌曲哭泣在籬笆外
那麼熟悉又陌生
直把我推到曼谷街頭去迌𨑨
我把烈士碑照一照
拂去夾克上的塵埃
向幾個陌生的旅人說拜拜

二〇〇〇年十一月二十七日於汕頭；二〇〇三年七月十七日改於台北

班夫兩帖

(一)班夫尋人

霏霏細雨滴在屋頂上
濕濕的道路屋前
停著幾輛私家車
瞪著左右前後的杉樹，竹子發呆

酒家、童子俱在
獨獨不見入山採藥的詩人
左尋右顧

屋前屋後只找到幾隻
足跡／影子

二〇〇三年八月二十七日・班夫

㈡班夫車站

偶爾那麼久才有一輛車劃過空蕩蕩的街道
更難瞥見一兩個行人
灰色的A形屋頂伸出半截杉樹的後方
洛磯山巒半腰山嵐圍繞
傍晚七點鐘

幾隻黑烏鴉劃過屋脊
灰白的天空益發突顯了山巔的尖突以及
一筆一筆的聳立水墨

寬長的車站之內
那麼幾個旅客
閑晃、發呆、焦慮
遙望山嵐以及山頭的聳翠／黛綠

二〇〇三年八月二十七日・班夫

在史坦利公園觀雁群

在溫哥華史坦利公園跟雁群嬉戲
噢呀，噢呀
脈搏和回音都融成公園裡那一個溫煦的西紅柿高高掛
我們都躺成公園裡那一片綠氈，在樓牆上
暮秋的海灣漣漪成片片金光魚鱗閃閃

徜徉在綠氈上
跟一群尚未南翔的雁子對話
噫呀，噫呀地進入童話的世界
你們何時隨我們飛回南方

在秋陽斜照下我們對視奔跳
三幾天後自洛磯山道回來
你們已飛成天空的景點
哎呀，哎呀地排成矩陣美的V形
把地上的眼珠子，車隊都串成仰望
午後在溫哥華市郊

《星洲日報》：二〇〇一年五月六日

二訪都江堰

驅車出了灌縣城西
二王廟被掛在懸崖古木間
向蓊鬱的旅情眨眼睛
迷迷濛濛的泯江魚嘴
把潺湲都梳理成兩道激情各奔東西

去去去搖撼索橋觀想山河
癡情的少女當年投江而去後
卻把編結的心鎖垂吊在繩索間
密密麻麻把愛情鎖上千千萬萬年

而空氣中處
處處蕩漾著李冰的謦欬

《漢詩實驗》：二〇〇一年秋季號

翡翠灣觀日出

等待在微微冷冽的海灘上
潮汐早已隱退　人影晃動成對成雙
在這海湄的一角
焦慮屏住氣息的人影
都在等待漫長的黑暗被千禧年溶解
撒落成片片花絮雲朵
那一道閃光早已切進東半球

尾巴揮擺著無數騷擾和徵兆
天空羽翼盤旋

精靈和魔頭都釋自海角峰巒（或是黑洞？）
這邊海島上有人攢簇擁吻
那邊海島上微暈中散發出歡呼舞蹈
和平鴿群掠過天空　帶動
旗旌飄搖、號角嘟嘟叫
這些意象都凝結在綠琉璃中
山河想望中

焦慮、舌燥、口乾中
我們早已把科索沃的導彈掃開一旁
還有在東帝汶、亞齊、車臣演出的殺戮場景
遊弋在大氣層中咻咻響個不停的飛彈

海底嗜血的潛水艇泥沙陷落在我們腳底下的溫柔
牧童已把一群群綿羊織入原野中
有麋鹿竄過　飛鳥劃過晴空
還有基因羊、米老鼠、飛船、阿拉丁神燈
不太搭配的一幅圖案
升起呀　升起一個球體

驚聞集集大地震

我的夢陲突被那頭蠻牛撞破了一個洞
不斷的翻落在深淵床下
我欲抓住那片柔滑的門柱
我欲攫住少女擺動的細腰
黑暗搖晃滑動暈眩在船上
以為世界末日真的垂臨這個美麗的島

為了證實一則流竄許久的謠言
你終於聳一聳慵懶的腰軀
蒼穹翻滾著少女臉頰的酡紅

呼吸一道吸食生命的氣息
樓房呼拉呼拉傾圮下來了翻飛灰石
霎眼間一隻螳螂被壓扁在樑柱下
連呻吟都變成太奢侈的享受
血流已尋索不回乾黑的源頭

搖晃在那永遠太平的村莊
鐵軌拱成了貓背、溪流洄溯
陌生撕裂了綿亙的山巒
搖呀搖　遙不到外婆家
你終於聳一聳慵懶的腰桿子
切斷了哀嚎、愛情

以及幾千道氣息終於遁人蒼茫間
那幾十天的螢幕網路新聞版面
豈止一聲哀痛可覆蓋得住

船艙外的女屍

她可不像是愁予的女奴
夜沉了才懸掛在窗外絮語摩挲
癡癡地等待以攬成後現代的錯誤

夜空似乎已寂滅了
船舷早已撫平了江面的漣漪
你是女奴脫軌的靈魂
癡癡地黏貼在窗外、傾斜成一對蠱惑的螢光
欲向我追索前世未竟的纏綿
抑或來生正要萌發的海誓山盟？

哎呀咦，怎麼會是她頻頻輕叩夢陲
一個尚未孕育成形的倩影
意欲闖成一道日常生活的甜甜蜜蜜？
船艙外及船艙內
都咬成了魂魄的拔河纏繞
我是否該脫殼而去把她攬入懷裡來投胎？

註：今年八月初，四川合江上有一條船翻了，死了二十幾個人。其中有一個女屍似跟我們同遊三峽的一位朋友有「緣」，有一夜竟黏隨其窗舷外徹夜不「放」，可他竟未把此事告訴船長停下來打撈！

《南洋文藝》：二〇〇二年十月二十六日

金文泰樹蔭下

百無聊賴地坐在金文泰（Clementi）一棵樹蔭下
目瞪光滑閃亮的不銹鋼欄杆
看黃泥地上螞蟻串成長龍在搬家（赴極北）
一隻紅螞蟻爬上右手臂向我叩問
何以不在遙遠的國度歡度假日
竟坐在樹蔭下怔忡幹啥？
你何不抬頭張望一下枝葉間匱乏的文化
竟去聆聽壕溝外不斷吼叫的金龜子？

另一棵樹蔭下

此時坐著一個吉陵人，穿著白綠間雜色的襯衫
他低頭也在看螞蟻串成長龍
（雷聲下午就會滾動在地平線上）
也有一隻紅蟻爬上他手臂向他叩問
你今天何以會坐在這棵樹蔭下納涼？
他冷冷地向我瞪了一眼就走開了
然後同一座位來了一個馬來人，胖胖的，穿著花色的襯衫
他也冷冷地向我投擲眼珠子
十分鐘後也走開了

他們都冷冷地把我拋在遙遠的地平線上
在金文泰一棵樹蔭下

在聆聽流竄在樹葉間的流行文化
而遠方導彈和雷聲已快滾動了

《南洋文藝》：二〇〇二年十一月五日

佇立麻河畔

麻河彷若不受到空濛之干擾
濁黃河安穩抗拒著穹蒼一沙鷗

下午兩點鐘悄悄然
那一道拱橋已跨過了河面
把津渡碼頭還給了歷史
並還拂去嘟嘟聲中欸乃聲中的煙霧
據說對岸紅樹林間還窩藏幾張鱷魚皮

沿河這邊街道上

各色皮膚躑躅著歷史
大眾茶室滲出本土咖啡香
龍群旅遊呼喚空濛中之海鳥
潮州會館伴倚著永春會館
韓愈呼喚著余光中的詩情前來跳狐步
張發陪著我抵達入海口處
撿拾河畔的幾粒砂石和白垚的影子

註：一九五九年初，馬華詩人白垚到麻河入海口處眺望，作有涵義隱晦的新詩《麻河靜立》一首，發表在《學生週報》上，被譽為開啟了馬華現代詩／主義運動之鑰。

《星洲日報》：二〇〇二年十二月十五日

在茨廠街讀報／迌迌

要來的原慾終究攢出鬚芽來
飛彈咻咻地飛成地平線上之紅河
星洲日報大的紅字
「英美猛轟伊拉克」
招搖成了攤販的叫賣聲

早晨還是淅淅瀝瀝迷迷濛濛的雨季
打陽傘的詩意小情人親親昵昵
穿插上趕路的中學生嘻嘻哈哈笑
可行人都冷漠成剝落的店鋪牆面

瞪了一眼那幾個斗大的紅字
趕路的趕路、躑躅的仍在伊哦

我踩過路旁遺落的垃圾污垢果皮屑
引頸想像昨夜與今宵的訣別
叫賣聲、觀光客、黑人、白人、皮膚的顏色
我冷凝地走過蘇丹街去找「商務」
折入茨廠街去找樹薯與番薯
抬望眼中華大會堂已映入眼幕
右邊直瞪著空濛的陳氏書院
身後那七個大字
可越走越大

都長出了足踝與鬚芽
在茨廠街 迫迫

《星洲日報》：二〇〇二年十二月二十九日

烏節路上

突然從哪兒鑽出來的音響
游走在黃皮膚、黑皮膚、白皮膚等等之間
你想像蹭蹬成優優雅雅的曼波
儀態萬千的繁華展露
嬌滴滴的謦欬、遲疑、注視
迤迤然蹬過人行道
九月的一個昏黃

你走去嗅一嗅天津栗子的焦黃
（擦身的髮髻散發出魅魑）

一口想咬下烤架上的嗞嗞三疊
（普羅米修斯之火種明明滅滅）
而背際膩著雨樹枝椏間灑下來的幾闕鳥鳴
聖露西亞的沃爾柯特早已躡足蹬過
西班牙港務街
晦澀地凝視我

你再蹬過街衢另一邊
遮陽傘下琉璃桌上
咖啡啤酒杯都溢出了吶喊
情欲濃郁的薄荷在跳竄
街角獨自閃爍著霓虹燈光

調不調情都已調成異邦
少女肚腩、腰背自成風景
味蕾、體香構成了次文本在跳躍
在旋轉門間穿穿梭梭

都快七點鐘了的市廛
還是足跡蹭蹬，車流不息
西紅柿似凍僵在西山頭

《聯合副刊》：二〇〇五年九月十日

赤崁樓：永曆十六年

春末暖綿綿的陽光下
三三兩兩的鎂光燈
他們以鏡頭追捕國姓爺在時光隧道上
巍巍然站在普羅民遮城樓上
一個番仔低頭遞上一個捲軸

長鏡頭再追溯過往
聚焦在永曆十五年春暖花開
鹿耳門外追隨朝陽湧來
三百餘艘旗艦遮雲蔽日

海灘承載不了過多的劍影與箭垛
城外花朵混合鮮紅紛紛掉落
日夜顛倒到翌年春天

鄭爺爺把熱蘭遮城喚作赤崁
深深嵌成軟片核心的雲甍
他一躺竟躺成安平城內的一具骷髏
永遠都喚不回飛逝的州九年春天

《人間副刊》：二〇〇六年二月五日

木瓜樹（下）的自白

幼時亞答屋後聳立的
那麼三幾顆頂端頂著青澀小波霸
天天瞥見可宛若空無
渴望採摘的可是紅暈染頰的荔枝

從火奴魯魯的木屋鑽出
我跟阿爸瞥見了你懸掛其上的纍纍
從未勾起我採摘的慾火
仰望的可是懸掛在你身旁的橢圓芒果

今早的報張貼上你之倩影
勾起想像那些埋葬在軍營後牆的恐怖
你巍峨其上並結出纍纍澄黃
誘惑無知的長竹竿升自牆外來鉤採

你裸裎紅潤的軀體
矗立成為地平線上無辜的誘惑
歷史與記憶一樣成長
身姿不忘搖晃梗直

二〇〇六年六月二十六日・台北

那一排熒熒

遠遠望見那一排燭光熒熒
引誘著地平線開展而去
嵌入吾人原初的記憶體
在醉夢溪畔草叢間夢搖晃
星月垂成脊背的小夜曲

依然夢見那一排熒熒
逗弄著你我的夢陲伸展
酩酊走進無名的小山城
旗旌招搖照明燈噴成了水柱

歌吟逗出了林間的酒神與水仙
不，不，那是希臘星空下繞柱歌舞的部落
以軀體召喚夏至的精靈

依然是那一排熒熒
逗引著你我撲了過來
翱遊一座海港的繁忙
你的畫舫、我的舴艋舟
宛然悠閒在某個朝代裡的渡口
抑或夜泊秦淮

那一排熒熒

源自人類靈魂深處
彷彿深山裡的一座寺廟古鐘
迴音咬住了根莖／脊椎

二〇〇六年五月十六日・台北

木棉花

梗直的軀幹
聳立在歌聲漣漪裡的豔陽下
偶爾亦綻放成報葉的花朵
情人的愛之所歸依

「紅紅的花開滿了木棉道。」
經已織入吾人的記憶體
年年暮春就從高雄燃燒起
一直伸展成為我羅斯福路的燈籠

我躑躅了一段時歌
反身竟瞥見你之倩影
跳著、舞著就舞成一道道燄火
愛河畔詩人情之所繫

《聯合報》副刊：二〇〇六年三月二日

和平東路：94年初寒

颼颼寒流迎面颳來
颼颼颳到了他與蕭瑟的長木凳
他與斜躺的長木凳颼颼然已融成一體
衣褲襤褸，鬚髮蓬蓬
眼睛凝瞪著死滯的枯黃
情愛早已飛回某人的口袋
或是遠方蜿蜒的峰巒之中

腳印早已躑躅不成歌詩
他索性就躺成路邊的奇蹟

好瀟灑的蒙特婁街旁銅鑼灣畔流浪的黑斗篷
此刻都颼颼滾成台北路旁的昏黃
寒流顫抖過區區區之body

二〇〇六年四月八日·台北

和平東路：97年暮冬

I am so boring！（註①）
路旁黑妞險些笑閃了腰圍
清瘦的三角臉、燦爛的貝齒
和平東路上才躑躅了首闋
何以心景即已折射成天空的陰霾？

遠方槍聲隱約綻放火花
屠殺校園（註②）、伊拉克、加薩走廊（註③）
您何以會感覺 so boring？
人類、和平、戰爭迸出火花

多麼多麼地 sensational 哦

黑妞綻放的音容墜落在
灰濛的山頭
逐漸變形的 transformers
陰霾起處佐剛人（註④）張牙舞爪
木凳上的襤褸早被叼走
回首再瞥一瞥
貝齒姑娘依然哈腰燦笑！

二〇〇八年三月二日・礁溪

註①：此句為不合文法之口語
註②：美國最新校園槍殺案二月十五日發生在狄柏士的北伊大校園，一名叫做 Steven

Kazmierczak的資優生，闖進一座大型演講廳，以亂槍掃射在室內上課的一百多位師生，隨後飲彈自殺，造成六死十六傷之慘劇。見二月十六日之《中國時報》A2版之報導。

註③：見「以血洗加薩走廊，六十八巴人喪生」，《聯合晚報・焦點》2008.03.02，A6

註④：佐剛人為《太空冒險》（*Space Adventure*）中一種似獸之ET

想像火燒圓明園事件

（一）

踏出悠悠的雕欄畫棟
花叢月影間霓裳喋唼呢喃
挽過的帝號
似都奔逸而來嗆聲你
你設想那些虛幻飄忽的綵帶風采
日日夜夜霓裳艷舞天上人間走秀

而此刻
美眉煙波湮沒處

浩劫的色帶捲了回來
高昂、聳立的諸色慾火熊熊
撲向哀號嚶嚶的裸體
它們都被兀鷹的遨遊盯上了
成就了另一座焚毀的諾頓、阿房宮

二〇〇八年三月十五日・台北

（二）

盤旋又盤旋
一隻落單的夜鴞
歸來自1860年的夜空
企欲尋索遺落、垂掛在葉杉廢墟尖的一鱗半爪風采

那驚惶的一刻終究到來
剡剡然傾圮雕樓畫棟
照耀林間飛禽走獸之哀嚎
地動天旋搖晃又搖晃

白人部隊來自天津大沽口
白皮膚、黃臉頰，刺刀濺出鮮血紅艷
他們洗劫了兩園蒐藏的珠寶飾物
托裹在詭譎的袍腋行囊之中
呼號聲中一把火將兩園網成剡剡

二〇〇八年三月二十三日・台北

遊園，在雨中（註①）

多少炊烟升起又降下（註②）
多少烟霧迷濛又散逸
多少遊人在雨中喋唼成景
又有多少遊人等你進場，在雨中？

幾千個日子的烟雨
細細、縷縷、朦朦朧朧
罩住近景青黛、遠方蜿蜒之海灣
遊園後纏纏綿綿抑或山水阻隔
人生美景當前燦亮照得了雀後之險詐？

如此這般算計，遊園不遊園不都躑躅成空？

那天牽手去遊園，在雨中
櫻花灑滿徑道已結成苔斑
枝椏啞然聳立成了日子之軀架
刺向渺暝去為遊客索回燦麗！

我們撐著傘躑躅不成詩篇
索性隱入林中去哆嗦
觀賞小情人勾肩搭露背裝
往日的身影若隱若現
在六朝畫簷間在蓮花池畔

註①：《等你在雨中》為余光中名篇題目，收入《蓮的聯想》頁11～13

註②：此為清平《答友人》的第一句，見西渡和郭驊合編之《先鋒詩歌檔案》（重慶：重慶出版社，2004），頁80。

二〇〇八年四月五日・台北

《在史坦利公園》後記

這本詩集應是我的第四本了。自從二〇〇三年出版《我想像一頭駱駝》以來，為了去扛技術學院所謂的專業評鑑以及升等科大，有一年我拼到三餐都無法準時進用，一年下來，評鑑從第三等提升到第一等，科大升級當然也成功了，可我卻得去看醫生、照胃鏡並且照電腦斷層，然後就吃了一年多的胃藥；在此境況之下，怎麼可能有心情和閒暇去寫詩！最近心情好多了，也真正想多寫幾首，可是還是常常無法醞釀足夠心情，把詩寫出來。數一數，自二〇〇三年以來所寫成的詩只有十九首，其中有一些尚來不及在報章詩刊發表呢。

我有勇氣出版這本合輯，主要是為了配合童山（邱燮友）老師近年來在台灣推展書寫出版「人文山水詩」的美意。邱老師曾跟我提及這一創舉，無奈一來我過去幾年實在忙透了；二來我近年來所寫的文本能真正配合這一文類的也無法充足到可以成書。後來一想，我就把之前所出版的三本詩集，叫我的兩位文學系博士生（顧蕙倩和陳謙——他們本身都是詩人）幫忙我從中抽選了一些出來，並配合三本詩集的標題，分成第一、二、三輯，這樣一來，新作取名「回鄉」，成為書中之第四輯。就份量來講，這本所謂的第四本集子就不致顯得太單薄了。問題是這些詩文本都能搭配上「人文山水詩」這個次文類嗎？這可未必吧。

我所書寫的一些所謂山水詩篇，表面上或就詩題目來看，似乎有那麼一點樣式；事實上，不管採用的是現代或後現代的語彙或框架，我大都把山水叢林都扭曲變形，以為抒發心中塊壘積愫之容器，這樣一來，我的現當代詩文本似乎比西方古典的山水詩／自然詩都還要激進多了，當然也就很難用來跟中國自謝靈運以來所形塑成的古典山水詩對比。人家說，優越的詩篇要能做到我手寫我口，其實，我書寫的詩文本可卻是，我手寫我所思所念、所想像所幻覺，表面的山水風光形似對我可卻一點都不重要。

然後就是我的山水旅遊了。旅與遊我是非常喜歡的活動，愛之樂之，無以復加。我喜歡在山水田園叢林間翻越，更喜愛在都市叢林中漫遊，而這種漫遊可卻也不是百分之百像波德萊爾那樣在巴黎所特有的商廊（Arcade）間遊來晃去。對著山水林園或是城市叢林中的商品櫥窗以及遊動中的漂亮女性，我有時可會蹲下來或坐在大街旁之磚椅板凳上，細細地研究、瀏覽一番，為甚麼一定非要是遊來蕩去動個不停的「旅」跟「遊」，偶爾蹲下來、坐下來的人文浸淫不是更有意義嗎？

如果真的要應用一個甚麼標籤來指稱我的人文山水文本，那麼它們應該屬於班雅明所指稱的漫遊者詩篇吧?!為了怕引起人誤解，我在此得附加幾句說明。自二十世紀六十年代以來，本人即已喜愛在園林或是在都市叢林間悠哉閒哉地漫遊，可這種嗜好之養成主要跟我在鄉村長大有關。至於談到寫詩，我在中學階段即已寫了上百首之多，其中寫起旅遊詩本就是很自然的一件事。換言之，我之寫「漫遊詩」絕不可能是在班雅明的啟發或引導之下去嘗試寫出來的。（註①）至於班雅明對波德萊爾「漫遊者」形象的書寫，它確實是生動而且入木三分，這些書寫可以在〈論波德萊爾的幾個主題〉（註②）中的某些片斷清晰看到。

正當我在寫這篇〈後記〉時，有一天在看《中國時報·時論廣場》，發覺沈雲驄寫的〈世界怎樣拼旅遊〉一文，其中提到《經濟學人》把目前中國人與俄國人大踏步走進旅遊市場的現象，稱之為「第三波旅遊革命」，從中可見現今世界上比較富裕一些的國民都已把旅遊當成嗜好或娛樂，因此各種景點林園都擠滿了他們的身影，不管他們是在旅遊還是在漫步，這亦已構成了很別緻的一種景觀。

最後，本集子第一至第三輯係舊作，前頭已提及；它們雖係舊作，可是卻已經略事潤飾過，這麼一來，這些變得較為圓潤的文本，某些詞語的意義已起了變化，照說它們已經變成了新文本，例如，一「株」樹改成一「棵」樹，其味道已從脆嫩變成陽剛與成熟一些，而其所能引起的聯想當然也不會一樣。總之，它們變得更為接近我的理想，這畢竟也是很好的一件事。這麼一種修訂變化突然令我想起美國詩人惠特曼（Walter Whitman, 1819-1892），他一輩子只寫那麼薄薄的一卷《草葉集》，可他的琢磨修訂功夫真不容小覷，在不斷修訂之下，直到他魂歸道山為止（還有所謂的death-edition），他一共把它修訂了九次之多。我當然也希望自己也有這種機會，在不同的機緣之下修訂自己的文本。在此我也要特別感謝顧陳兩位博士生，沒有他們幫忙，我要自己從以前出版的三本詩集中挑出一些旅遊詩來，那還得費去不少精神和時間呢；同時，我也要在此特別感謝幫忙我作文字處理的兩位特別助理林欣予和陳妍汝，請她們打字她們可能還會覺得容易些，要她們看懂我那些潦草的字體可實在不簡單呢。

第四輯中某些詩之能寫成，我在此得特別感謝一位英文詩人和長者，他是星馬／新加坡獨立後英文詩壇的耆彥唐愛文（Edwin Thumboo），二〇〇三～〇〇四年我至國立新加坡大學的藝術中心擔任資深研究員時，即由其以主任具名聘請，就是由於這個特殊的因緣促成這些詩的誕生。唐教授的熱誠真叫我銘感五中。

註①：一九三三年納粹上台之後，班雅明即自柏林避居巴黎，並開始他非常著名的「十九世紀的巴黎」研究。一九四〇年納粹佔領巴黎，他在倉猝逃赴西班牙的路上自殺。班氏所創造的一個至今仍甚為流行的「漫遊者」（flaneur）形象本尊即是波德萊爾，對此一形象的挪用在上世紀八九十年代已紅透到頂，此一發紫的顏色迄今尚未消褪。

註②：我參照的版本是 Harry Zohn 翻譯與 Hannah Arendt 編的 *Illuminations* (1968)，尤其是第四至第七節：頁一六三～一七三。

陳慧樺

6 August 2008

國家圖書館出版品預行編目資料

在史坦利公園：人文山水漫遊／陳慧樺著.
-- 初版 -- 臺北市：萬卷樓，2008.08
面；　　公分
ISBN 978 - 957 - 739 - 637 - 2 (平裝)

851.486　　　　97015554

在史坦利公園

—人文山水漫遊

著　　者：陳慧樺
發 行 人：陳滿銘
出 版 者：萬卷樓圖書股份有限公司
臺北市羅斯福路二段 41 號 6 樓之 3
電話(02)23216565・23952992
傳真(02)23944113
劃撥帳號 15624015
出版登記證：新聞局局版臺業字第 5655 號
網　　址：http://www.wanjuan.com.tw
E－mail：wanjuan@tpts5.seed.net.tw
承印廠商：中茂分色製版印刷事業股份有限公司
定　　價：180 元
出版日期：2008 年 9 月初版

ISBN 978 - 957 - 739 - 637 - 2